AF138932

Seelenversprechen

Uwe H. Sültz

BoD- Books on Demand

Norderstedt 2016

Bibliografische Information durch die
Deutsche Nationalbibliothek

Die Deutsche Nationalbibliothek verzeichnet
diese Publikation in der Deutschen
Nationalbibliografie; detaillierte bibliografische
Daten sind im Internet über http://dnb.dnb.de
abrufbar.

Herstellung und Verlag:

BoD – Books on Demand, Norderstedt

ISBN 978-3-73922-810-5

Vorwort:

Es gibt da ein Sprichwort: „Wenn es dem bösen Nachbarn nicht gefällt..." Anna und Robert bekamen dies zu spüren. Sie kämpften sich durchs Leben, kämpften gegen die Demenz und Schwerbehinderung, sie standen immer wieder auf. Wird ihr letzter Weg erfolgreich und wunderbar sein? Können sie ihr Seelenversprechen einlösen?

Sonnenuntergang in
Wenningstedt auf Sylt

Lange habe ich Robert nicht mehr gesehen. Normalerweise pflege ich meine Freundschaften. Hin und wieder mit Udo ein Bier… mit einem Schulfreund ein, zwei Partien Schach, nur Kegeln ist nicht ganz so mein Ding, dafür aber Billard. Aber das tut auch alles nichts zur Sache. Das letzte Mal traf ich Robert auf den Parkbänken nahe der Tonnenhalle in List. Ich legte gerade eine neue Speicherkarte in meine Kamera. „Moin Uwe.", sagte Robert, mit einem Fischbrötchen in der Hand, zu mir. Er setzte sich zu mir und erzählte mir seine Lebensgeschichte. An diesem Tag hatte ich viel Zeit. Für meine journalistische Tätigkeit wollte ich eigentlich nur Bilder für einen neuen Beitrag schießen.

Robert war Inneneinrichter, ja, er „war" Inneneinrichter, denn nun halte ich seinen Abschiedsbrief an mich in der Hand. Robert lebt nicht mehr. Schon als wir uns das letzte Mal trafen war die Welt für Robert nicht mehr in Ordnung, dabei war er mit seiner Frau Anna sehr erfolgreich. Natürlich gab es Probleme, auf keinen Fall in der Ehe, es hing eher mit den Umständen in dieser Welt zusammen. Besser gesagt, mit dieser eher ungewöhnlichen Beziehung. Anna und Robert kämpften immer Rücken an Rücken. Aber irgendeine Macht war dann wohl stärker.

Beide lernten sich 1977 kennen. Robert arbeitete im Geschäft seiner Eltern. Er hatte immer schon ganz tolle Ideen, einen Wohnbereich wunderschön zu dekorieren und einzurichten. Aber die zu konservativen Eltern bremsten den jungen Inneneinrichter total aus. Robert war überaus begabt. Sein Tätigungsfeld war breit gefächert, ob Innenarchitekt, Raumausstatter, Wohnberater, Feng Shui-Berater, Möbeldesigner, Dekorateur, Tischler, Maler oder Polsterer, Robert war einfach top und vielseitig interessiert.

In Roberts Familie gab es kein Lob, kein „in den Arm nehmen".

Seit 1977 verehrte er Anna.

Anna… eine selbstständige, erfolgreiche Immobilienmaklerin. Anna bemerkte Roberts Talent. Sie ließ ihm in der Keitumer Wohnung freie Entscheidungen über die Inneneinrichtung. Und Robert legte los… tapezieren… streichen… schreinern… alles, aber auch wirklich alles, erledigten seine beiden Hände tatkräftig. Aber Anna erkannte mehr, da waren nicht nur die Hände, sondern auch der Geist, die Ideen, die Planungen und die Liebe zum Detail. Anna war stolz auf Robert. Über die Jahre wuchs

eine echte Freundschaft.
Natürlich dachten beide nicht an
mehr, denn es trennten sie fast 30
Jahre. „Und es war Sommer", es
waren auch schöne Tage im
August, eigentlich in jedem
Monat, in jedem Jahr, an denen
sich Anna und Robert trafen,
denn zu tun gab es immer etwas,
da die Wohnung auch an Gäste
vermietet wurde. Aber mehr als
diese Freundschaft war da nicht.
Oder vielleicht doch? Denn sie
sprachen bei den Treffen über
Gott und die Welt. Die Abende
dauerten immer bis in die
Morgenstunden. Beide
interessierten sich für den

Weltraum, beide über das Woher und Wohin, beide über das Leben danach. Aber es war da nicht das, woran man jetzt denken könnte.

So ging es Jahr für Jahr. Eines Tages war Anna zum vereinbarten Termin nicht vor Ort. So etwas gab es in den 15 Jahren noch nie. Robert sorgte sich. Tage später klärte Anna alles auf. Anna war völlig überlastet, ihre Mutter lag im Sterben. Niemand hatte Zeit für die sterbende Frau. Sofort erklärte sich Robert bereit, sich mit Anna abzuwechseln. Rund um die Uhr betreuten sie Gertrud. Gertrud war außerdem an Alzheimer erkrankt. Sie lachte

Anna und Robert immer an und sagte: „Ihr seid die Guten. Die Bösen wollen mich nicht durchlassen. Da sind viele Hände im Tunnel nach oben, gute und böse."

3 Tage dauerte der Kampf. Rund um die Uhr wechselten sich Anna und Robert ab. In der Stunde der Verabschiedung waren beide am Sterbebett. Plötzlich hatte Gertud ein wunderschönes und jugendliches Gesicht. Sie lächelte. Anna und Robert bemerkten einen Luftzug. Sogar Annas Hund Meggie schaute zum geöffneten Fenster. Draußen ging kein Lüftchen, es war ganz

still. Anna und Robert versprachen sich, füreinander da zu sein. Ihr letzter Tag sollte auch so ablaufen, sie schworen es sich. Es war ein Seelenversprechen.

Robert hatte mittlerweile den Betrieb seiner Eltern verlassen. Für Anna war dies ein Glücksfall, sofort stellte sie Robert ein. Ganz langsam kamen sich beide näher. Ganz langsam glichen sich beide, vom Aussehen her, an. Jetzt sprach man von Liebe. Aber eben eine andere Art der Liebe. Konnte eine Liebe bis zum Tod halten? Der Altersunterschied war schließlich extrem. Gut, wenn ein reicher älterer Herr sich eine junge Freundin genehmigt, warum dann nicht auch Anna. Aber beide verband etwas anderes, etwas viel tieferes, als nur das eine, denn es war das andere. Und je lockerer sie mit dieser Partnerschaft umgingen, je natürlicher wurde alles. Die Kritiker verstummten, die, die sagten, er ist ja nur des Geldes wegen bei ihr. Auch die, die sagten, sie scheint ja wohl sexsüchtig zu sein. Immer mehr positive Stimmen gab es. Die Familien dagegen blieben in der eher skeptischen Abteilung.

Erst Recht als der Tag der Eheschließung ausgesprochen wurde. Da waren Dinge im Kopf wie, „das geht nie gut", „oh Gott, mein Erbe" oder „die sind ja verrückt". Nun, die Eheschließung kam nicht von ungefähr. Und wenn sich jeder so viele Gedanken vor der Eheschließung machen würde, so würden viel weniger Ehen wieder geschieden. Zur Liebe und dem Seelenversprechen gesellten sich noch viel mehr Argumente, die für eine Ehe sprachen. Denn intern sprachen Anna und Robert über alles, aber nach außen geriet nun nichts mehr. Ein junger Mann, wie es Robert nun einmal war, hatte Wünsche. Roberts Wünsche waren Kinder, eine gute Ausbildung, ein interessanter Job, ein Haus, nun, alles eben, was sich alle wünschen. Nur,

Robert konnte keine Kinder zeugen. Sein Wunsch nach einem tollen Auto schob sich dadurch automatisch nach oben. Man denkt in diesen jungen Jahren nicht unbedingt sofort an Versorgung im Alter, so auch nicht Robert. Dies hingegen war für Anna wichtig. In ihrer ersten Ehe wurde sie nicht gut behandelt. Obwohl sie am Anfang dieser neuen Beziehung dachte, dass dieses Kapitel in ihrem Leben vielleicht 2 Jahre halten könnte. Aber mit der Zeit lernte sie Robert immer besser kennen. Er war grundsolide, er war treu und unwahrscheinlich ehrgeizig. Anna wusste zur Trauung, das war für immer. Ob Robert sich wirklich im klaren darüber war? Wenn er 45 Jahre alt sein würde, dann ist seine Frau 75 Jahre. Die Zeit sollte es aber zeigen, es klappte.

Über eine Sache sprach ich noch nicht. Robert hatte es mir von Anfang an erzählt, Anna hatte hohe Schulden. Er wollte sie unbedingt mit ihr zusammen abtragen, er wollte Anna zu einer glücklichen Frau machen, denn es war Annas größter Wunsch, Schuldenfrei zu sein. Für dieses Vorhaben bewunderte ich Robert. Er wusste von den Problemen

und heiratete Anna trotzdem...
na, wie nennt man das wohl?

So, nun ist alles raus. Nun
konnten beide mit dem
gemeinsamen Leben beginnen.

Übrigens, es wussten alle im
Umfeld von den negativen und
positiven Faktoren dieser
Partnerschaft. Vorweggenommen
ist zu sagen, dass viel später

davon niemand mehr etwas wissen wollte.

In den Familien tolerierte man diese Ehe, sie wurde nie akzeptiert. Roberts Eltern verstanden nicht, dass ein junger Mann Wünsche hat und nicht in vielen Jahrzehnten nur auf sein Erbe warten wollte. Seine Schwester war außerdem sehr besitzeinnehmend und eifersüchtig. Anna hatte noch eine Tochter und einen Sohn. „Vor Claudia muss ich dich schützen. Sie ist rasend eifersüchtig. Ich träume immer den gleichen Traum. Sie sitzt wie eine Spinne im Netz und beobachtet uns.

Beim kleinsten Fehler greift sie dich an.", so Anna. Sollte dieser Traum wahr werden oder ist die Seelenpartnerschaft fest genug?

Ich behaupte, bei zwei so starken Menschen ist der Zusammenhalt groß genug, um alles zu schaffen.

Die Anfangsjahre waren sehr hart. Die Schulden im Millionenbereich mussten abgetragen werden. Feiertage gab es nicht. Anna meinte es zur Hochzeit gut und schenkte ihrem Ehemann einen Sportwagen. Aber jetzt, wo Robert alle Fakten kannte, blieb der Wagen in der Garage stehen. Wenn es manchmal aussichtslos beim Abtragen der Schulden schien, die Schuldenlast zu erdrückend war, setzte sich Robert in das Auto, streichelte das Lenkrad und hörte eine CD. Wem es etwas sagt, Robert war Stier. Ein echter Stier.

5 Jahre harte Arbeit waren vorüber. Der Tag der Abrechnung stand an. Immobilien wurden gekauft, aufgearbeitet und wieder verkauft. Anna und Robert gaben alles. Aus den Schulden wurde ein Guthaben. Annas Rente stand auch an. „Ich wünsche mir nun einen zufriedenen Lebensabend. Höre bitte auch auf zu arbeiten.

Das Geld müsste doch reichen für uns.", schlug Anna vor. Um nun alles richtig zu machen, beauftragten sie eine Bank, um das Geld richtig anzulegen. Über ein Jahr ließen sie sich Zeit damit. Immer wieder stellten sie sich die gleiche Frage: „Machen wir es so richtig?" In ihrem Job waren sie spitze, aber eine Geldanlage… bis zum Tot? Im Jahr 1999 legten sie das Geld an. Es lief anfangs sehr gut. Die Börsen kannten nur ein Ziel… höher und höher sollte es gehen. Es war ja alles abgesichert, der Fondmanager wird's schon wissen.

2 Jahre hatten Anna und Robert
ein rosarotes Leben. 2 Jahre keine
Probleme.

Dann kam der 11. September 2001.
Bis zum Jahr 2011 folgten
Weltwirtschaftskrisen und
Anschläge. Niemand zog
anfangs die Notbremse.
Niemand wusste, was noch alles
passieren würde. Von Aussitzen
war die Rede, aber nicht mehr von

Verdienen. Das Vermögen brach zusammen. Der Stier handelte schnell und verkaufte viele Dinge, suchte günstigere Versicherungen und jonglierte fortan das Leben. So gut es ging ermöglichte Robert seiner Anna ein gutes Leben. Anna sollte es an nichts fehlen. Nur gab es jetzt statt Feinkostläden andere Alternativen. Auf Verkaufsplattformen erhält man für eine neue Hose etwa 5 fast neue Hosen. Nur, was ist denn 2011 passiert? Zum einen habe ich Robert in dem Jahr das letzte Mal gesehen, zum anderen schlug das Schicksal bei Anna und Robert noch einmal richtig zu. Und jetzt kann ich nur noch aus dem mir vorliegenden Brief vorlesen, denn Robert ist vor einer Woche ja gestorben:

„Lieber Uwe, wieder sind viele Jahre vergangen. Bei unserem letzten Treffen war ich noch zuversichtlich, dass Anna und ich alles meistern würden. Einige Wochen nach unserem Treffen bemerkte ich bei Anna eine leichte Vergesslichkeit. Hier auf Sylt kannte Anna jeden Winkel und doch dauerte das Brötchenholen immer länger. Wir leiteten sofort Untersuchungen ein. Gleichzeitig trainierten wir Annas Gehirn noch intensiver. Das Training bestand aus Erinnerungen, Wissenschaft, Weltraum, Politik, aber auch Kreuzworträtseln. Hauptsache wir unterhielten uns miteinander. Hauptsache wir waren nicht untätig. Meine Frau begann zu stricken, zu musizieren und zu malen. Wir hatten das Gefühl, uns läuft die Zeit davon. Nur ganz engen Freunden erzählten wir davon. Natürlich auch den Familien. Von nun an erlebten wir alles intensiver, trotzdem jonglierte ich mit den Finanzen. Falls mir etwas passieren sollte, war durch eine Lebensversicherung Anna versorgt, aber was sollte mir schon passieren? Nun, zum Beispiel, dass ich von jetzt auf gleich nicht mehr gehen konnte und 100% Schwerbehindert wurde… mit allen Buchstaben. Jetzt wurde das Leben komplizierter, aber doch lösbar. Jetzt mussten nicht nur die Finanzen jongliert werden, sondern auch das Leben. Strandspaziergänge gab es nun für mich nicht mehr, aber für Anna. Ich setzte sie in Wenningstedt ab und in Westerland wartete ich auf sie. Das gleiche galt für Keitum bis Munkmarsch.

Weiterhin übten wir täglich. Es ging zum Kaffeetrinken, es ging aufs Festland, wir besuchten Freunde... die Hauptsache war, wir taten etwas. Das Geld wurde weniger, das Hinfallen mehr, unser Gleichgewicht war gestört, wir weinten oft gemeinsam, aber es musste weiter gehen. „Geh', solange du noch kannst, suche dir eine gute Partnerin. Ich möchte dich versorgt wissen.", so sprach Anna. „Niemals lasse ich dich allein, Anna.", entgegnete ich. Ein kleiner Hund gab noch einmal neuen Lebensmut. Das Gehen am Strand war immer lustig. Von weitem sah sich Anna und Lotte schon. Lotte jagte ihrem Bällchen nach. Anna lachte viel. In Hörweite rief ich beide zu mir, danach ging es ins Cafè. Wir nahmen nur noch unser Leben wahr, wollten jede Minute genießen. Mittlerweile hat uns die Bank gekündigt, das Restvermögen kann nicht mehr gesteigert werden, es ist zu gering. Und trotzdem genossen wir jeden Tag. Auch wenn noch so viel schiefging, wir wollten es beide so. Auch wenn Anna den Wasserkocher nicht mehr in die Halterung zum Aufkochen stellte, sondern auf die heiße Herdplatte, 2 neue Küchenteile und eine Rauchgasvergiftung waren zu beklagen… wir machten weiter.

Wir änderten viele Gewohnheiten. Es gab vermehrt Fisch, denn alle sprachen von Omega-3 Fettsäuren. Nach einem Fernsehprogramm unterhielten wir uns über das Gesehene. Es war nun ein anderes Leben, aber kein schlechtes, denn wir genossen jeden Tag. Und je größer die Vergesslichkeit wurde, umso mehr wurde genossen, jede Stunde… jede Minute.

Das hätte auch so weiter gehen können, wenn ich nicht immer mehr Probleme mit dem Gehen bekam. Anna sagte zwar immer: „Ich habe die schnellen Beine und mein Mann hat den

Erinnerungsspeicher." Jedoch wurden die gesundheitlichen Probleme immer größer. Der Rollstuhl wartete auf mich, aber ich kämpfte dagegen an. Eine Lösung musste gefunden werden. Die Familien waren mit sich selbst genug beschäftigt. Außerdem waren Anna und ich immer sehr selbstständig… wir wollten alles selbst schaffen.

Mit der Zeit wurde das Geld weniger. Die Lebensversicherung durfte nicht angetastet werden, denn wenn mir etwas zustoßen würde, wäre Anna ja gut versorgt. Plötzlich spielte mein Körper verrückt. Krämpfe und

Lähmungen plagten mich. Mit viel Mühe erledigten Anna und ich einmal in der Woche den Einkauf. Dieses Ritual sollten wir bis zum Schluss beibehalten. Dessen nicht genug fiel Anna aus heiterem Himmel hin und wieder einfach um. Die Ärzte waren ratlos. Ein Funkgerät zum Krankenhaus sollte implantiert werden. Bei diesen Attacken war Anna völlig ohne Besinnung. Langsam, ganz langsam kam Anna dann wieder zu sich. Der Arzt meinte, dass die Erinnerungen im schlimmsten Fall nicht mehr zurückkommen. Einige Medikamente vertrug

Anna auch nicht, es kamen
wahnsinnige Angstzustände auf.
Wir haben ganz einfach mit
unseren Beschwerden gelebt,
nicht gestöhnt, einfach das Beste
aus dem Tag gemacht.

Es kam der Tag, da haben wir
Luise kennengelernt. Sie arbeitete
auf der Insel in einem
Feinkostgeschäft in
Wenningstedt. Sie wohnte auf
dem Festland. Jeden Tag kam sie

per Bahn auf die Insel, dann stieg sie in ihren alten Opel und fuhr nach Wenningstedt. Wir lernten uns näher kennen, tauschten Mailadressen und Telefonnummern. Luise trug uns immer die Einkäufe zum Auto. Sie war auch dazu bereit, die Einkäufe zum Haus zu bringen. Sie war einfach eine hilfsbereite und nette Person. Auf dem Festland hatte Luise ein kleines Häuschen mit Garten. Wir besuchten sie dort. Es wurde eine Freundschaft. Einen Sommer lang verbrachten wir viele Wochenenden dort. „Das wäre die richtige Frau für dich, mein lieber

Mann. Wenn ich einmal nicht mehr bin, dann bin ich mit Luise sehr einverstanden.", sagte Anna zu mir. Eines Tages sahen wir Luise mit Tränen in den Augen. „Ich habe durch Erbstreitigkeiten mein Haus verloren." Finanziell konnten Anna und ich Luise nicht helfen. Aber wir konnten ihr zwei Räume in unserem Haus anbieten. Zeit verging... viele Gespräche... dann eine Entscheidung: Luise sollte einziehen, sie wollte sich an allen Unkosten beteiligen und auch noch im Haus helfen. Luise entpuppte sich als Engel. Sie kam aus dem Pflegebereich und versorgte Anna ab 18 Uhr, auch in der Nacht. Durch ihren Einsatz hatte ich tagsüber viel mehr Zeit für Anna. Jetzt gab es auch wieder regelmäßiges Essen. Luise kochte vorzüglich, Anna nahm immer etwas nach. Die Monate vergingen. Anna wurde immer vergesslicher, ich konnte nur noch wenige Meter gehen, aber wir hatten Spaß zusammen. Gemeinsame Ausfahrten gab es, auch Fahrten von Anna und Luise, sowie von mir und Luise, wenn wir größere Einkäufe erledigen mussten. Anna malte in der Zwischenzeit. Seit vielen Jahren malte sie bereits in Öl. Was als anfängliche Beschäftigung begann, endete als Kunst. Einige Bilder sind sogar in der Tonnenhalle in List verkauft worden. In den Familien erklärten wir unseren Lebensschritt. Richtig verstehen wollte oder konnte man uns nicht. Nun, niemand hatte Erfahrung mit Demenz oder einer Schwerbehinderung. Und wir ahnten nicht, dass andere Menschen auf völlig andere Ideen kamen. „Man kann doch mal eben die Taschen hochtragen… Essenkochen geht doch schnell, auf dem Wochenmarkt gibt es alles… ruckzuck ist doch die Wohnung gesaugt..." Sprüche, die das Nichtverstehen zum Ausdruck bringen. Klipp und klar gesagt, ohne Luise ging bald nichts mehr. Und eines stand fest, Anna und ich wollten niemals in ein Heim, niemals.

Aber wir bemerkten nicht, dass im Hintergrund ein Komplott geschmiedet wurde. Wir konnten auch nichts merken, denn jeder war freundlich wie immer. Anna und ich dachten natürlich, das ist unser Weg. Wir haben schließlich immer alles selbst entschieden. Durch ihre lange Lebenserfahrung sagte Anna: „Ich schreibe dir nun ein paar Zeilen auf. Solange ich noch einigermaßen klar bin, bestätige ich, dass alles in unserem Leben seine Richtigkeit hatte." Was ahnte Anna nur?

Die Zeiten wurden schwieriger. Ich lebte nun mit der Demenz. Das heißt, ich versetzte mich in Annas Lage des Vergessens. So war es leichter auf Fragen zu antworten, wie: „Wo könnten nur meine Pinsel sein?" ... und das etwa 20 Mal am Tag.

Gleichzeitig war mir aber auch warm ums Herz, wenn ich Anna mit dem leckeren Frühstück nach dem Einkauf herzhaft zubeißen sah. Wenn ihre Kaffeetasse fast leer war, tauschte ich einfach meine gefüllte gegen ihre aus, denn ich mag keinen Kaffee. Anna freute sich umso mehr.

Das Haus wurde nun neu gestaltet. Luise hatte ihren Wohnbereich. Das große Wohnzimmer richteten wir nun als Wohn- Schlaf- und Lebensraum ein. So waren wir immer zusammen, auch wenn es zuerst oft nach Ölfarbe roch. Das verging. Das verging sogar ganz. Denn Anna konnte eines Tages keine Augen von Personen oder Tieren mehr malen. Es ging einfach nicht mehr. Ein anderes Hobby musste gefunden werden. Da gab es diese Keyboards, die zu spielende Taste leuchtete rot auf... Anna war begeistert, mogelte aber oft und stellte den Leierkasten auf Automatik. Leider vergaß Anna immer öfter, wann der Mops sein Essen erhalten hatte. Schlimmer war es jedoch, sie vergaß wann er Gassi gegangen ist. Der Drang nach draußen wurde immer größer. Kompromisse mussten geschlossen werden. Der Tagesablauf wurde nochmals verfeinert.

Und dann kam doch der Tag, da war Anna einfach nicht mehr da. Das Haus wurde für ein Freundinnentreffen von Anna aufgehübscht. Luise und ich hatten unsere Aufgaben. Plötzlich stand meine Familie vor der Tür und machte mir die größten Vorwürfe. Sie ignorierten die Demenz und mich. Jeder, der mit dieser Krankheit zu tun hat, hat Angst vor solchen Situationen. Der kranke Mensch läuft aus dem Haus und ruft nach Hilfe. So war es auch bei

Anna. Sie klagte, dass sie eingesperrt sei. Es war die Hölle, denn ich verstand die Welt nicht mehr, wir haben doch alle Familienmitglieder informiert. Mit einer kleinen Aussprache wäre alles wieder im „grünen Bereich" gewesen. Bereits eine Stunde nach diesem Vorfall war für Anna die Welt wieder in Ordnung. Wie sich später herausstellte, nicht mehr für mich.

Aber gut, am nächsten Tag erwarteten wir Gäste und es musste weiter gehen. Der Tag war perfekt. Anna war richtig gut drauf, die Ereignisse vom Tag

zuvor waren längst vergessen.
Abends gingen wir alle
erleichtert und sehr müde zu Bett.
Leider schlief Anna erst gegen
Morgen ein.

Und gegen Morgen begann der
Alptraum. Nun wusste ich, was
zwei Tage zuvor von den Familien
geplant wurde, aber es war zu
spät für mich. Um 10 Uhr wurde
unser Haus gestürmt. Annas
Kinder wollten mit ihrer Mutter
zum Frühstücken, angeblich. Es

lag eine aggressive Stimmung in der Luft. Hastig zog ich Anna an. Anna fragte mich, was denn ihre Kinder hier wollten. Unter den Armen trugen sie ihre Mutter aus dem Haus. Anna drehte ihren Kopf noch einmal zu mir um. „Komm' doch bitte mit.", flüsterte sie. Ein niederschmetterndes Gefühl zog durch meinen Körper. Ich war wie gelähmt. Ich kniete gerade, um das Häufchen, das unser Mops vor Aufregung verloren hatte, zu beseitigen. Wir kamen doch alle immer gut miteinander aus, dachte ich. Mit vielen Fragen blieb ich alleine zurück. Gut, dass ich zu Anna beim Anziehen sagte: „Denke immer an unser Seelenversprechen. Ich habe dich lieb." ... Ich sah Anna nämlich nie wieder...

Alle beteiligten Personen hatten wohl für sich Gründe, um unserer Ehe, unserem Leben, ein Ende zu bereiten. Aber alles das erfuhr ich erst durch mühsames Zusammentragen der Fakten. Ich werde auch keine Spekulationen preisgeben, nur Fakten zählen, nichts als Fakten. Bei einem letzten Telefongespräch wollte Anna wieder von mir abgeholt werden. Danach warf man mir eine Beziehung zu Luise vor. Tablettenmissbrauch kam hinzu. Annas Sohn verbot mir jeglichen Kontakt zu meiner Frau. Ich hätte an dem Abholtag, der wie ein Diebstahl war, denn außer

Anna fehlten noch der Mops und mein Rollator, unbedingt die Polizei rufen müssen. Aber wer denkt denn so böse? Immer und immer wieder schickte ich Anna Pakete mit lieben Dingen und Briefe. Keine Antwort...

Ist das die Hölle oder kommt da noch mehr? Es kam noch mehr... und wie...

Die Scheidung wurde beantragt.
Ich fragte mich, wer beantragte
die Scheidung? Anna? Warum?
Niemals, wir haben immer über
alles gesprochen, wir hatten
keine Geheimnisse. Aber die
Demenz lässt vergessen, leider.
Als ich die Gründe las, dachte
ich, dass ist alles gar nicht an
mich gerichtet. „Der Tapezierer
ging fremd. Der Tapezierer schlug
seine Frau. Der Tapezierer
veruntreute das Vermögen der
immer erfolgreichen Maklerin.
Der Tapezierer sperrte seine Frau
monatelang ein… bis zu: der
Tapezierer wollte durch einen
Tablettenmix seine Frau… na ja,

hier stoppe ich lieber. Ich war traurig und wütend zugleich. Ich war am Boden zerstört.

Durch einen Brief erfuhr ich, dass Anna in einem Heim sei. Anna wollte nie in ein Heim. Ich suchte den direkten Kontakt zu Anna. Es dauerte seine Zeit, bis ich die Telefonnummer direkt zu ihrem Zimmer bekam. Dann endlich der erste Kontakt… nach langer Zeit. „Anna, hier spricht Robert, dein Mann."… „Warum hast du mich verlassen, Robert?"… „Anna, ich habe dich nicht verlassen. Warum möchtest du dich scheiden lassen? Ich habe dich nie verhauen. Ich habe auch nicht das Vermögen ausgegeben. Man wirft mir noch mehr vor. Immer habe ich darauf geachtet, dass es dir gut geht. Wir haben uns doch etwas versprochen. Ein Seelenversprechen."... „Ja, komm' vorbei, ich möchte dich sehen. Nein, du hast mich nicht verhauen. Ich habe aus Spaß beim Hundegang gesagt, du hast mich geschuppt. Und das Geld hat Bin Laden. Komm' vorbei."

Tage später war die Leitung stillgelegt. Trotzdem schaffte es Anna, dass sie zwei Mal in der Nacht bei mir anrief. Und immer wieder fand ich Wege, Anna sprechen zu können. Wir sprachen uns aus, viele Dinge konnte ich durch unser Training aktivieren. Aber wie lange könnte diese Erinnerung anhalten, wenn nicht täglich trainiert wird?

Ihr Platz in unserem Haus blieb leer. Der Wohn- Schlaf- und Arbeitsraum wird nicht mehr benutzt. Meist sitzen Luise, die mich nun versorgt, meine Lähmungen werden immer mehr, und ich still am Frühstückstisch. Oft decken wir für Anna mit, aber wie gesagt, der Platz blieb leer.

Zeit verging. Nun fühlte ich mich gebrochen und leer. Ich flüchtete in die Welt der Vergangenheit und der Träume. Wenn du, lieber

Freund Uwe, diesen Brief list, bin ich bei Anna. Sage deinen Lesern, dass sie alles in ihrem Leben absichern sollen. Ob Patientenverfügungen, Vollmachten oder sonstiges, am besten beim Anwalt bestätigen lassen. Und wenn Partner erkranken, es sollte ein Tagebuch geschrieben werden. Und trotzdem gibt es Fälle wie meinen. Denn „wenn es dem bösen Nachbarn nicht gefällt" ist man machtlos gegen das Böse.

Sei lieb gegrüßt

Robert"

Da saß ich nun, ich war fassungslos. Jetzt beschloss ich, Luise aufzusuchen. Sie arbeitete immer noch im Feinkostgeschäft in Wenningstedt. Wir verabredeten uns. „Danke für dieses Treffen, Luise. Kannst du mir noch etwas über meinen Freund Robert berichten?", fragte ich sie. „Gerne. Es ist mir ein Bedürfnis über die letzten Tage etwas zu sagen. Anna und Robert hatten immer wieder heimlichen Kontakt zueinander. Gesehen haben sie sich leider nie mehr. Sie vergaß durch die Demenz natürlich fast alles. Robert wurde körperlich immer schwächer. Zum Schluss hatte er viele Krankheiten, viele sind durch diese Tragödie ausgelöst worden. Ich war in den letzten Stunden bei ihm. Ob Anna da noch gelebt hat, kann ich nicht sagen. Robert sprach ganz ruhig und deutlich, es waren seine letzten Worte: „Anna, bist du das? Bist du da? Ich dachte immer, ich würde auch die guten und bösen Hände sehen. Aber ich sehe dich, Anna. Du sagst, dass ich dir folgen soll? Gerne, Anna. Geht es zum Licht oder zeigst du mir das Universum. Anna… Anna… ich komme jetzt." Das waren die letzten Worte. Ich denke, Annas und Roberts Seelenversprechen ist eingelöst worden." „Ja, Luise, das denke ich ebenfalls. Eine Tragödie auf der Erde… ein Happy End im Himmel."

Meine Speicherkarte ist nun wieder eingelegt und bereit, neue Eindrücke der Insel einzufangen. Bunt gemischt folgen nun Bilder in Schwarzweißfotografie:

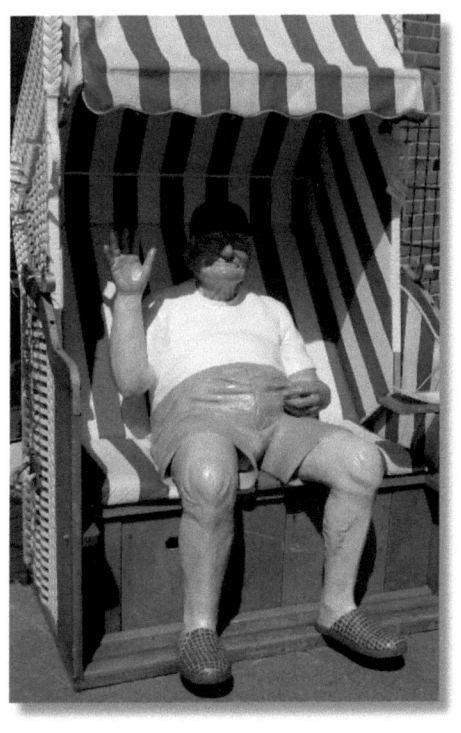

Danke für Ihr Interesse... wir sehen uns auf Sylt...

Autorenteam Sültz auf Sylt

Ab Januar 2016 erhältlich:

Das Buch „Konstanzes Vermächtnis" ist ein Generationen-Roman und spielt im Alten Berlin bis in die Neuzeit.

ISBN 978-3-73921-903-5

Das Buch „Star Marshal" ist ein Science-Fiction-Western. Ein Polizei-Raumschiff wird von einem Schwarzen Loch verschluckt.

ISBN 978-3-73922-617-0

Fitus, der Sylter Strandkobold

30 spannende Kindergeschichten mit vielen Bildern und kind-gerechten Informationen über Sylt

ISBN 978-3-95744-758-6

Das Schweinchen Klecks und andere
Kindergeschichten

Ein Kinderbuch für Erstleser und zum
Vorlesen.

ISBN 978-3-95744-286-4

Spannende Kurzgeschichten für unterwegs

50 abgeschlossene Kurzgeschichten aus
allen Genres.

ISBN 978-3-95744-598-8

Science Fiction, Horror & Co.

Spannende Kurzgeschichten in Science
Fiction, Horror, Schicksal und Krimi
eingeteilt.

ISBN 978-3-96008-041-1

Renate Sültz und Uwe H. Sültz

DER KLEINE SYLT REPORT -
Autorenteam Sültz auf Sylt

SYLT - Eine Insel zum Träumen. Ob Frühling, Sommer,
Herbst oder Winter... die Insel ist immer eine Reise wert!

Reichhaltig bebildert mit vielen Informationen zu erschwinglichen Preisen

Brandneu ist das Buch

DER KLEINE SYLT REPORT –
Autorenteam Sültz auf Sylt

ISBN 978-3-73922-559-3